novum pro

Angela Grundt

TONI

novum pro

Bibliografische Information
der Deutschen Nationalbibliothek:

Die Deutsche Nationalbibliothek
verzeichnet diese Publikation in
der Deutschen Nationalbibliografie.
Detaillierte bibliografische Daten
sind im Internet über
http://www.d-nb.de abrufbar.

Alle Rechte der Verbreitung,
auch durch Film, Funk und Fernsehen,
fotomechanische Wiedergabe,
Tonträger, elektronische Datenträger
und auszugsweisen Nachdruck,
sind vorbehalten

Gedruckt in der Europäischen Union
auf umweltfreundlichem, chlor- und
säurefrei gebleichtem Papier.

© 2022 novum Verlag

ISBN 978-3-99131-298-7
Lektorat: Sylvia Raab
Umschlagfotos: Alena Ivanova,
Sofiia Shunkina | Dreamstime.com
Umschlaggestaltung, Layout & Satz:
novum Verlag

www.novumverlag.com

Alle wissen Alles

Kann sein, dass wir (damit) aufgehört haben, uns Geschichten zu erzählen? Jedenfalls. Ihre beginnt am Morgen um halb neun in der Elektrischen, auf dem Weg zur Arbeit.

Noch dreißig Meter in Fahrtrichtung. Sie erreicht den Frisörsalon und nimmt die erste Stufe zur Tür. Wie gewohnt benutzt sie den Hintereingang. Wärme kommt ihr entgegen. Draußen ist es ungewöhnlich kalt für diese Jahreszeit. In zehn Minuten beginnt die Schicht. Grußlos auf dem Weg zum Aufenthaltsraum. Drinnen Tohuwabohu, wildes Durcheinander, Stimmengewirr unter Kolleginnen. Hektisches Umziehen und noch einen Zug an der Zigarette im Stehen, bis zur nächsten Pause, vielleicht in zwei Stunden.

„Frau Breitkopf, kommen Sie und nehmen Sie hier Platz. Wie immer? Mit etwas Birkenhaarwasser nach der Wäsche? Machen wir. Ja sicher, das wird ein schöner Tag heute. Sie sind auch so früh aufgestanden. Aber bitte, nehmen Sie doch Platz unter der Haube. Nein, nur für kurze Zeit. Nein, ich vergesse Sie nicht." Sie zieht ein Sandwich aus der Hosentasche und legt es Frau Breitkopf unter die Haube. In fünf Minuten müsste auch das gut sein. „Kommen Sie, bald machen wir einen Neuen Menschen aus Ihnen. Die Tönung hat Ihr graues Haar gut abgedeckt, alle sechs Wochen machen wir das. Ja, Ihnen noch einen schönen Tag und lassen Sie sich einen neuen Termin geben. Wir probieren dann was Neues aus. Die nächste bitte!"

„Ich nehme die Elektrische um sechs. Und du?" Gerti fummelt etwas unbeholfen an ihrem Rock. „Ich weiß noch nicht, Toni. Holger wollte mich abholen." Gerti arbeitet schon länger im Salon und immer holt sie der gleiche Typ ab. Toni hat schon als Kind all diese Filme gesehen: „Ich weiß nicht … Ich kann nicht …" Sie wurde noch nie von jemandem abgeholt. Sie hat es nicht eilig mit dem Heimweg. Die Elektrische lässt sie an einer Ecke aussteigen, wo sich eine Bar befindet. Ihre Bar. Sie sagt Hallo zu der unbekannten Bekannten hinter dem Tresen und bestellt wie immer den Aperitif. Auf die Tageszeitung hat sie heute keine Lust, obwohl das gegen ihre Gewohnheit ist. Der Tresen hat eine Spiegelwand. Sie beobachtet sich und wenn sie genug davon hat, zahlt sie und geht nach Hause. Da ist keine, die auf sie wartet.

Ich kann mit den unterschiedlichsten Menschen immer wieder dasselbe erleben; deren Wünsche, diese Wünsche der anderen, die sich an mich wenden, sind immer die gleichen. An ihnen richte ich mich aus oder zerbreche. Nur so, als Orientierung. Gehen ihre Wünsche nicht in Erfüllung, besorgen sie sich neue und oft auch neue Menschen, neue Menschen, die dazu passen, zu ihren Wünschen und Projektionen. Manchmal ist es schade darum, oftmals nicht zu ändern, das mit den Wünschen und Projektionen. Da wäre noch die Angelegenheit mit Gott, die ewig ungeregelt bleibt, weil sie keinen Regeln folgt. Weil diese niemandem folgen, weil sie an und für sich sind. Wobei ich wieder am Anfang der Geschichte wäre. Gott sollte ich nicht außerhalb meines Selbst suchen. Wie es im Lied und im Land heißt: „… und jeden Morgen geht die Sonne auf!"

Sie nimmt Papier und Bleistift, setzt sich an den Küchentisch.

Tragische Momente sollte ich aufhalten. die glücklichen bewahren. Ich spreche von einer Zeit, die noch nicht so lange zurückliegt. Alte Gewässer werden verlassen, neue Dämme gebaut. Der Ruf nach Freiheit. Nicht zu überhören. Freiheit. Freiheit. Freiheit. Im Chor. Was habe ich mir darunter vorzustellen, wenn ich Freiheit nicht kenne? Wenn ich mich nicht kenne? Das Land der unbegrenzten Möglichkeiten war das Versprechen.

Wir müssen euch erst einmal alles wegnehmen, dann teilen wir wieder neu auf. Vorher aber müssen wir die Teilung überwinden, damit zusammengehört, was sich erhört. Stumm war das Land all die Jahre, jetzt bricht durch, was im Gedärm geschlummert hat. Das Volk bricht sich seine Bahnen, eine unberechenbare Masse. Da gibt es die leisen Töne, die wollen retten, was nicht mehr zu retten ist. Die wollen nicht aufgeben. Doch die Masse unberechenbar. Es wird sie geben, die Bettler und Hausierer in diesem Land. In diesem neuen Land. In diesem Land der unbegrenzten Möglichkeiten. Was war nochmal das Versprechen? Ich habe es vergessen. Im Land der Möglichkeiten geschieht indes Unerhörtes. Es gibt sie, die Bettler und Hausierer. Auf der einen Seite stehe ich, auf der anderen Seite sie; der Hausierer, bei dem ich alles kaufen kann; der Bettler, der nicht mehr kaufen kann, trotzdem kauft. Er ist nicht mehr im System. Nicht mehr im Land der unerhörten Möglichkeiten. Lieber den Mangel als den Überschuss? Oder geht da noch was? Gerechtigkeit.

So was wie ein anspruchsloses Sorglospaket, ohne dass ich mir die Zähne daran ausbeißen muss. Doch das müsste ich dann auch kaufen. Im Internetz bei Bettlern und Hausierern. Die mich immer ungefragt nach meiner Meinung fragen. Ich habe keine Meinung mehr. Schon lange nicht mehr. Ich schäme mich deshalb nicht. Vielleicht beschert mir das ein sorgenfreies Leben. So etwas wie eine paradiesische Luftblase in einem der vielen Räume, die sich im Laufe des Lebens auftun. Ich nehme keinen Anstoß mehr. Ich kreise um mich selbst. Das nenne ich das anspruchslose Sorglospaket. Nicht im Internetz zu kaufen! Alles, was von außen kam, habe ich innerlich vollzogen. Nein. Ich habe keine Meinung mehr, niemand soll mich danach fragen. Das ist alles nicht traurig. Es ist, es ist eine Entwicklungsstufe, bis die Blase einen Riss bekommt, dann, ja dann, dann beginnt es. Ja, was eigentlich? Ich will mich nicht bewegen. Ich will, dass alles wie früher ist. Ich will auf einen Brief von ihr warten, mit Tinte auf Papier. Den Briefkasten aufbrechen, die Treppe hoch und drei Stufen auf einmal nehmen, mich an den Küchentisch setzen mit Mütze und Schal, den Brief aufreißen, ihre Schrift entziffern, lesen, so wie früher. Ich will Gulasch mit Spirelli für 3 Mark 50, kein Cordon Bleu für 15 Euro, ich will Fassbrause für 50 Pfennig. So wie früher. Jeder kauft beim selben ein, einen Liter Milch, Brot, Eier, Äpfel wenn sie reif sind. Das ist alles ungefragt, denn niemand fragt mich nach meiner Meinung. Wozu auch? Ich will mich nicht bewegen. Ich will, dass es so wie früher ist. Wann war das Früher? Ich weiß es nicht, ich habe es vergessen. Das Früher. Das Volk ist keine homogene Masse mehr. Bettler und Hausierer.

Überhaupt die Ordnung. Ich habe gehört, mit harter Arbeit ist es auch nicht getan. Ich frage mich: Womit? Das ist schwer zu beantworten, wenn ich keine eigene Meinung habe. Ich werde nicht gefragt.

Es ist zehn nach acht. Sie muss zur Arbeit. Sie schließt die Tür hinter sich ab, betritt den Hausflur, drei Treppen runter, ihre Straße, in der sie seit zehn Jahren lebt. Sie könnte mit Blindheit geschlagen sein, sie würde sie am Geruch erkennen. Vor allem die alten Kohlenkeller, die keiner mehr braucht, die nur noch Abstellräume sind, die Fenster im Frühjahr geöffnet. Sie kann es riechen. Rauch steigt auf, wenn es kalt ist, als würde jemand Feuer machen. Das ist ihre Straße. Die Geschäfte sind weiter weg. In anderen Straßen. In größeren Straßen. Die Elektrische. Die Elektrische, die sie jeden Morgen um halb neun nimmt. Immer durch dasselbe Nadelöhr. Durch ihre Straße. Vorbei an ihrer Bar an der Ecke, die noch geschlossen hat. Der nächste Halt. In Fahrtrichtung dreißig Meter bis zum Frisörsalon. Sie nimmt den Hintereingang, grußlos in den Aufenthaltsraum, noch eine Zigarette im Stehen, Palaver mit den Kolleginnen. Hü und Hott und weiter geht's. Der Tag ist strukturiert. Alle halbe Stunde Kundschaft. Nur Gerti macht heute Morgen schon schlapp. „Besser, du wärst zu Hause geblieben. Du siehst jämmerlich aus. Was'n los?" „Holger hat mich sitzen lassen und sich den ganzen Abend nicht gemeldet."

Da muss man nicht diese ganzen Filme gesehen haben, um zu wissen, was jetzt kommt.

„Ich glaube, er liebt mich nicht mehr." „Aber ihr seid doch erst drei Monate zusammen! Woher willst du wissen, dass er dich geliebt hat?" „Er hat so Andeutungen gemacht, von wegen heiraten und so." „Du kommst noch drauf. So, ich muss wieder. Die nächste bitte!"

Sie nimmt die Elektrische um sechs, steigt an der nächsten Ecke aus, betritt die Bar. Ihre Bar. Sie grüßt die unbekannte Bekannte hinter dem Tresen vor der Spiegelwand. Sie setzt sich in Position, bestellt wie üblich. „Dasselbe wie immer, bitte." „Wird gemacht." Sie greift zur Tageszeitung, überschlägt die Schlagzeilen. Die Welt dreht sich immer noch.

Ich beobachte mich in der Spiegelwand, dann die unbekannte Bekannte: routinierte Handgriffe. Sie sieht nicht sehr verheiratet aus. Mich erreicht die Nachricht, die sie sendet und ich tue so, als ginge es mir blendend. Ich hole aus. Irgendetwas ging dem voraus. „Einen Schritt vor und zwei zurück." Es ist doch immer dasselbe Lied, nur mit einer anderen Melodie. Macht nichts, denke ich, ich lasse es darauf ankommen.

„Wann machst du Feierabend?" „Oh, das ist noch lange hin! Ich habe gerade erst aufgemacht."

Falsche Strategie. Ich spiele gegen mich selber Schach. Es gibt keine Ordnung, denn wenn es sie gäbe, wäre ich die Verrückte. Immer dieses Wasserholen, von weit her, was für ein ödes Geschäft. Sie, die unbekannte Bekannte, näher zu betrachten, ist mein Zeitvertreib, bis ich davon genug habe. Um diese Zeit ist kaum jemand da. Ich nehme mir vor, heute länger zu bleiben, bestelle noch ein Bier. Bei näherer Betrachtung, ihren Bewegungen nach zu urteilen, scheint sie eine Frohnatur, die das Leben von der leichten Seite nimmt. Kann sein, dass dieses taube Licht ihr schmeichelt, ein genaues Alter lässt es nicht zu. Wie blöd es ist, diese Frage zu stellen. Wo kommt sie her? Wo geht sie hin? Ich schließe meine Augen, habe genug vom Denken. Geräuschpegel. Die Bar füllt sich. Glaubt man sich dem Ziel näher, entfernt es sich.

Sie öffnet die Augen. Hektisches Treiben. Sie ruft: „Zahlen bitte!" „Einen Schritt vor und zwei zurück." Sie verlässt die Bar und die unbekannte Bekannte, mit ihrer Leichtigkeit, sie verlässt sie, geht, geht. Ja, wohin eigentlich? Den gewohnten Weg, zurück in die Umlaufbahn. Was sie jetzt braucht, sind Gewohnheiten.

Ich brauche jetzt Gewohnheiten. Meine Elektrische, meine Straße, mein Zuhause. Ich hänge an diesen Dingen, wie eine Drogensüchtige an der Nadel. Manchmal passiert nichts, dafür muss ich selber sorgen. In meinem Leben gibt es keine Ziele, nur Richtungen, denen ich folge.

Ich denke an meine Mutter, während die Elektrische an mir vorbeifährt. Meine Mutter, sie war immer so wütend, ja, sie hatte immer auf alles eine unbezwingbare Wut, selbst mit Güte war ihr nicht beizukommen. Diese kindliche Güte. Der Glaube, es wird doch alles wieder gut. Nichts und niemand konnte sie beruhigen. Ich glaube, das war ihr Wahnsinn. Näher am Wahnsinn als an allem anderen. Da, wo das Denken aufhört. Nur mein kindlicher Glaube konnte das überleben. Es wird doch alles gut. Das denke ich heute nicht mehr, wenn die Situation brenzlig wird.

Sie steht vor ihrem Haus, bemerkt, dass gefegt worden ist.

Bestimmt wieder die Kruse von nebenan. Immer dieses Tun, das bringt einen doch um.

„Abend, Frau Kruse, hübsche Frisur, wo lassen Sie es denn machen?" „Gleich um die Ecke, bei Elite." „Ja, da haben Sie es ja nicht weit." „Schönen Abend noch." „Ihnen auch, Fräulein Toni." Sie nimmt die drei Treppen, schließt ihre Tür auf, schaut auf die Uhr, es ist viertel nach neun.

Der Kühlschrank leer, also ohne was. Vielleicht mit. Mit Fernsehen. Um diese Zeit ist das Quiz schon vorbei, alle Kandidaten an der Bar versackt, es kann nur einen Sieger geben. So sind die Spielregeln. Im Dschungelcamp geht es zu wie bei Schiller. Das lenkt so schön von einem selber ab. Manchmal kann man da auch mitmachen. So zum Test. Wer erfindet diese Tests zum Testen? Diese Tests werden erfunden, um zu sehen, ob sie funktionieren. Für diese Tests findet sich immer jemand. Eine Testperson. Ich mag diese Tests. Hinterher fühle ich mich schlauer, auch wenn ich nichts begriffen habe. Es soll Menschen geben, die lassen sich ununterbrochen testen. In der Liebe, im Beruf, ja sogar im Schlaf. Sie lassen sich Chips implantieren, sie unternehmen Testfahrten, lassen Testballons steigen, nur um zu schauen, was passiert. Vor allem die klinisch dermatologischen Tests, Hautausschlag ein Leben lang. Das ganze Leben ein Test. Das ganze Leben ein Berufsleben.

Sie legt sich auf das Bett, schließt die Augen. Sie muss wohl eingeschlafen sein. Das Telefon läutet. Sie nimmt den Hörer ab: „Ja." Aber da ist keiner. Sie legt den Hörer neben das Telefon.

Es gibt Morgen, an denen ich wie durch ein Schlammbad an die Oberfläche steige. Ich freue mich darüber, dass ich von selber gestorben bin, die entseelten Organe nicht mehr transplantiert werden können. Die Füße sind fest in einen Sonnenschirmfuß zementiert. Warum sich bewegen ohne Grund? Warum gibt sich die Blume, Mühe zu blühen? Die Hauptstadt gibt es nicht mehr. Alle Kapitäne lügen, von Napoleon ist mir nur der Hut bekannt. Ich weiß nichts, sage es aber trotzdem. Mit Erinnern bewältige ich nichts, das habe ich heute Morgen begriffen. Ich wünsche, dass alles endet und endlich beginnt. Doch wir nehmen alles und schauen dann erst nach, was wir da genommen haben. Die Leere hat kein Spiegelbild.

Wie jeden Morgen um halb neun die Elektrische, grußlos in den Aufenthaltsraum, noch eine Zigarette im Stehen, zwei Stunden Akkord bis zur nächsten Pause, Palaver mit den Kolleginnen, nur auf Gerti ein Auge werfend.

Noch dazu ist sie so jung. In ihrem Alter lief auch ich noch der Vater Morgana hinterher.

„Nun Frau Breitkopf, schön, Sie zu sehen. Heute machen wir einen ganz Neuen Menschen aus Ihnen. Ich habe mir etwas Fantastisches ausgedacht. Sie dürfen gespannt sein. Und. Ich dulde keine Widerrede, es ist nur zu Ihrem Vorteil." „Zu meinem Vorteil? Das höre ich gern. Ich vertraue Ihnen, Fräulein Toni, ganz und gar." „Nun. An der Länge müssen wir kaum etwas ändern. Nur, dass Ihre Kopfhaut von Schuppen befallen ist. Dafür gibt es ein Wässerchen, das Sie nach jeder Hirn- äh … Haarwäsche anwenden müssen, um das Schlimmste zu verhindern. Wenn Sie das Mittel regelmäßig benutzen, sollte es lindernd wirken." „Was kostet das?" „Es ist sehr ergiebig in der Anwendung und dermatologisch getestet, Preis/Leistung 29,99." „Ich zahle jeden Preis." „Gut. Dann mal los."

„So, Frau Breitkopf! Habe ich Ihnen zu viel versprochen? Ein ganz Neuer Mensch ist aus

Ihnen geworden. Nein, diese Präsenz auf einmal. Fantastisch. Gehen Sie nach draußen und zeigen Sie sich der Welt, ganz offen und selbstbewusst. Sie müssen sich nicht bedanken, ich muss mich bedanken. Das ist Teil meiner Arbeit. Lassen Sie sich in sechs Wochen wieder einen Termin geben, dann können wir Ihr Haar wieder tönen."

Wo ist Gerti? Sie wurde vor dem Feierabend im Spiegel plaudernd mit der Schneidern gesehen. Wo ist sie jetzt? Gerti, eine flüchtige Erscheinung? Eine Epiphanie? Aber was hat die Gerti mit Gott zu tun? Soweit ich weiß, hat sie nichts mit ihm zu tun. Aber, warum dann diese Flüchtigkeit? Das ist neu. Ist sie mir entwischt? Etwas ist passiert, mit Gerti passiert. Wenn ich jetzt einen Tippschein abgeben könnte, würde ich die Ziehung gewinnen.

„Gerti, du bist schwanger?" Wieder diese Verlegenheitsgeste. Gerti fummelt an ihrem Rock und schaut zu Boden. „Ja, zu spät, um es wegmachen zu lassen. Holger ist weg."

Ich überlege, ob ich mich weiter einmischen soll. Lasse sie stehen, da, wo sie steht, nehme die Elektrische wie immer um sechs. Mitleid macht mich nicht zu einem besseren Menschen.

Sie wird in der Bar die Tageszeitung und ihren Aperitif nehmen, die Schlagzeilen überschlagen, um festzustellen, die Welt dreht sich immer noch, nur in die falsche Richtung.

Seit meine Mutter tot ist, beobachte ich mein eigenes Leben. Die an den Rändern, die an der Peripherie, werden nicht gesehen. Sie sind schon verfault vor ihrer Zeit und hatten nie eine Chance. Wie faules Obst, das aussortiert, weggeschmissen wird. Vollkommen überflüssig. Ich erkenne sie an ihrer Haltung. Wo sie noch Halt suchen. An ihrer Sprache. Womit sie täuschen wollen. Doch es gibt kein Halten mehr, nicht in der Sprache, nicht in der Haltung. Ich denke an Gerti, ihre diffuse Situation. Jetzt der Reihe nach: Wo wird die Gerti bleiben? Sie wird verschwinden, irgendwo in der Peripherie, wie faules Obst, aussortiert, verortet, geortet. Dabei sucht die Gesellschaft händeringend nach einem würdevollen Umgang mit eben diesem Phänomen, das sich wie ein Virus ausbreitet. Damit sie ihre Würde, das Bisschen, das von ihr übrigbleibt, das, was noch von ihr erscheint, das, was man von ihr wissen kann, das, was sie von sich zeigt, um nicht ganz unterzugehen, und alles, was ihr gehört, nie ganz verliert. Die Mutter kann niemand wirklich begründen. Sie ist begründet worden, meistens vom anderen Geschlecht, mit Penis oder Pipette. Die Natur befragen, die uns nie abhandenkommt: Kleine Mädchen schieben Kinderwagen stolpernd über den Bordstein, tragen Puppenbabys im Arm. Sie kommen bereits als Mütter auf die Welt. Da, schon wieder! Ein großformatiges Abziehbild lächelt vom Altar mit dem kleinen Jesuskind. Maria ist weder Vater noch Mutter, ja, in diesem Moment. Ich befinde mich außerhalb dieser Ordnung. Damit begehe ich eine Ordnungswidrigkeit, das wird bestraft. Beispielsweise mit bestehenden Steuergesetzen oder anderer Hinterlist, die ich Zwangsabgaben nenne. Ich bin nicht gemeint, wenn mit Familienrabatten gelockt wird. Das einzige, was ich besitze, ist die Fahrerlaubnis. Die habe ich ein Leben lang, ist ehrlich erworben. Kein Bluff. Papier. Papier ist ehrlich. Ich habe kein Auto. Das ist alles. Das ist nicht viel, aber genug, damit komme ich überall hin, vor allem weg, wenn es sein muss, wenn die Zeit dafür reif ist. Wie die Augustäpfel. Man muss sie pflücken, wenn sie reif sind. Fallen sie herunter, muss man sie aufheben. Man darf sie nicht vergessen und liegenlassen, sonst verfaulen sie. Dann hat man faules Obst, wie in der Peripherie, dieses Obst will dann keiner mehr. Die Aussortierten sieht man nicht mehr.

Ich träume nachts nie, mir fehlt die Erinnerung daran. Meine erste Traumphase bei Bewusstsein beginnt am Morgen gegen sieben Uhr und lässt so gegen elf Uhr am Vormittag nach. Später kommt sie in Schüben. Jedoch in der genannten Zeit ist sie andauernd und von individueller Anarchie geleitet. Besonders hartnäckige Tagträume wiederholen sich, tagelang: das Drama zwischen meiner Mutter und mir. Wenn ich mich daran erinnere, hätte es sich genauso zugetragen haben können. So hängt es in meinen Tagträumen.

Drehbuch einer Nacht

Es sind alles Nachtszenen in einem schäbigen New Yorker Hotel. Mutter und Tochter treffen sich hier. Die Mutter hat bereits die 60 überschritten, die Tochter ist Anfang 40. Beide haben beruflich und privat in ihrem Leben nicht viel erreicht. Auf Bitten der Tochter ist die Mutter in dieses Hotel gekommen. Die Mutter nervös, sitzt auf dem Sofa, in der Hand hält sie ein Glas Whisky. Die Tochter ihr gegenüber, auf einem Stuhl, ebenfalls ein Glas Whisky in der Hand. Auf dem Tisch in der Mitte liegt eine verschlossene Tasche. Der Radiowecker zeigt acht Uhr abends New Yorker Zeit. Sie werden reden und schweigen, so lange, bis ein Schuss fällt. Sie begegnen sich zum ersten Mal, seit die Tochter mit 15 von zu Hause ausgezogen ist. Nur für eine Nacht ist dieses Zimmer gebucht. Es ist kein Annäherungsversuch der Tochter, auch die Mutter hat wenig Interesse daran. Sie treffen sich trotzdem in New York in diesem Hotelzimmer. Nur für eine Nacht, für diese eine Nacht.

„Du wolltest mich sehen? Morgen Vormittag geht mein Flieger wieder nach Europa."
  „Es ist gut, dass wir uns treffen. Das, was wir uns noch zu sagen haben, wird nur

diese eine Nacht in Anspruch nehmen. Ich rede schon viel zu lange mit dir."

„Ich habe von all dem nichts erfahren", bringt die Mutter erstaunt zum Ausdruck.

„Ich habe mich all die Jahre wiederholt gefragt, ob du mich geliebt hast. Bist du glücklich, Mutter?"

Die Mutter nimmt einen Schluck Whisky, zögert, schaut ihre Tochter ungläubig an.

„Was ist das, glücklich sein?"

„Mir hast du es herausgeprügelt. Von Kindheit an. Immer, immer wieder, bis das aufhörte. Wurdest du geliebt?"

Sie spürt deutlich die Distanz, die entsteht, wenn man sich entfremdet hat.

„Ich war zweimal verheiratet. Ich habe zwei Töchter. Die eine, verheiratet mit zwei Kindern. Mehr als einmal war ich verliebt."

Sagt es und lehnt sich zurück in ihr Sofa.

„Als ich, die Erstgeborene, auf die Welt kam, was ging da in dir vor?"

„Oh Gott, ein Mädchen!"

Die Mutter schlägt die Hände über dem Kopf zusammen, als hätte sie die Scham darüber immer noch nicht überwunden.

„Du warst enttäuscht. Also kam ich mit einer Enttäuschung auf die Welt."

„Ich habe mich nie damit abfinden können. Die Enttäuschung darüber war zu groß. Alle haben von mir erwartet …"

„Als das zweite Kind auf die Welt kam, war das sicher wieder eine Enttäuschung für dich. Sind Mädchen weniger wertvoll?"

„Oh, nein. Ich habe mich bald mit euch abgefunden. Bald. Weshalb wolltest du mich eigentlich wiedersehen? Noch dazu in New York, in diesem schäbigen Hotel."

„Ich finde, dieser Ort löst mein Versprechen ein, die dunkle Seite zum Vorschein zu bringen. So weit entfernt von Europa. Für ein Zimmer in New York konnte ich nicht mehr Geld aufbringen. Dich um Geld bitten, nein. Ich wollte niemanden um irgendetwas bitten. Nicht jetzt, nie mehr."

Die Stille wird durch das Klopfen des Portiers unterbrochen.

„Excuse me, madam! A telephone call from Europe."

„Thank you! I'm sorry, I'm not available right now. Wer kann das gewesen sein? Keiner weiß, dass ich hier bin."

Sie zündet sich eine Zigarette an und inhaliert den ersten Zug. Sie ist bereit für das, was kommen wird.

„Vielleicht einer deiner Liebhaber, der sich Sorgen macht, was Mutter und Tochter in einem New Yorker Hotelzimmer tun. Das ist ungewöhnlich. Könnte sein, dass du es in einigen Romanen gelesen hast."

Die Mutter überlegt, ob sie nicht besser an das Telefon hätte gehen sollen. Sie nimmt einen Schluck von ihrem Whisky und drückt ihre Zigarette aus. Sie verdrängt den Gedanken und nimmt sich vor, Haltung zu bewahren. Ein leichter Wind weht durch den Raum. Die Tochter schließt das Fenster, schenkt sich noch einen Whisky ein und der Mutter nach. Sie nimmt die Tasche vom Tisch und stellt sie neben ihrem Stuhl ab. Es ist einen Moment lang still. Sirenen von der Straße und Geheul auf dem Flur unterbrechen diese Stille. Die Tochter will weiter und zu ihrem Ziel.

„Wo bist du all die Jahre gewesen? Wen hast du geliebt? Wen hast du wieder verlassen?"

„Ich habe mit ein paar Liebhabern hier und da gelebt. Ich habe versucht, mir ein Leben aufzubauen."

„Ging es dir gut?"

„Es waren gute und schlechte Zeiten. Geliebt habe ich keinen."

„Hast du in all den Jahren an mich, an meine Schwester gedacht?"

„Ich habe noch eine Fotografie von euch. Eine alte Aufnahme im Kindergarten, als ich noch dort gearbeitet habe. Ihr beide in Strickhosen, die hatte ich für euch gemacht."

„Mutter, ich bin homosexuell."

„Das warst du schon mit ungefähr sechs."

„Ja, das war ungefähr das Alter, als ich es gespürt habe. Wir waren mit deinen Freunden an der Ostsee. Dort befanden sich Toilettenhäuschen. Ich war auf dem Klo und habe im Stehen gepinkelt. Auf einmal ging die Tür hinter mir auf. Ich sah über die Schulter und hinter mir stand diese Frau. Groß, blond, breitschultrig, wie eine Walküre. Ich erinnere mich, dass sie kräftig gebaut war. Ich dachte, sie könnte mich zerquetschen, wenn sie das will. Ich habe mich in diese Frau verliebt. Bis heute kann ich sie nicht vergessen. Nicht weil ich erwischt wurde, sondern weil sie eine gewisse Erregung zeigte. Das war die Mischung, in der ich aufwuchs. Das ist die Erinnerung an meine Kindheit. Ich bin bis heute nicht fähig, meine Gefühle zu denken. Seit diesem Tag nicht mehr."

Die Mutter nippt an ihrem Whiskyglas und sieht hinaus in die Nacht. Die Tochter steht auf und zieht die Vorhänge zu. Die Mutter macht das Radio an, schaut müde in den Raum, der von Musik erfüllt ist. Sie schaltet das Radio wieder aus. Es scheint ihr nicht der passende Moment zu sein.

„Du warst in allen Dingen unheimlich. Ja, du warst mir immer unheimlich. Vor allem dein Blick! Schon als Baby wollte ich dich deshalb nicht. Schon mit sechs Jahren. Das ist nicht normal. Du warst nie normal."

„Deine Brutalität war auch nicht normal. Wie sollte ich unter diesen Bedingungen normal aufwachsen? Außerdem, was ist normal? Homosexualität also nicht? Wenn eine Frau eine Frau liebt? Gott segne sie, wenn es ihnen gelingt, mit Zuversicht und Selbstvertrauen in die Welt zu gehen. Ich war immer allein, bin es geblieben. Alleingelassen mit all meinem Eifer, orientierungslos, rückhaltlos. Wenn es mir ganz dreckig ging, dann habe ich eben Partisanenlieder gesungen."

„Ich weiß nicht, wovon du redest. Ein großes Interesse an dir hatte ich nie. Und trotzdem sitzen wir hier in diesem schäbigen Hotelzimmer in New York. Was soll sein? Ort und Zeit hast du bestimmt. Von mir wirst du nichts weiter erfahren. Ich war schon lange tot, bevor du geboren wurdest."

Die Tochter füllt die Gläser. Beide trinken einen Schluck. Es ist, als ob die Zeit für einen Moment stillsteht. Keine wagt ein Wort, dabei schauen sie sich verständnislos an.

„Unser Treffen sollte so geheim wie möglich sein. Fern von Europa, in einem schäbigen New Yorker Hotel. Doch auch hier haben sich meine Erwartungen nicht erfüllt. Es wird also ein Abschied für immer sein."

Die Tochter nimmt die Tasche, die neben ihr steht. Holt den Revolver heraus und richtet ihn auf ihre Mutter, mitten ins Zentrum Dann löst sich der Schuss: der leblose Körper der Mutter, die Augen gebrochen. Die Tochter steckt den Revolver zurück in die Tasche und sieht auf den Radiowecker. Es ist vier Uhr morgens New Yorker Zeit.

Ihre Geburtsstunde.

Reichtum für Alle

Die Welt zu klein, das irdische Leben zu kurz, um Antworten zu finden. Gut, jetzt mal der Reihe nach, die Kruse fegt den Weg, ich nehme die Elektrische morgens um halb neun durch das Nadelöhr vorbei an der Bar, an meiner Bar, die noch geschlossen hat. Nach dem Feierabend setze ich mich zu ihr, zu der unbekannten Bekannten, bestelle den Aperitif, betrachte mich im Spiegel hinterm Tresen. Wenn ich genug davon habe, zahle ich, gehe nach Hause, schalte den Fernseher ein, staune, staune darüber, was alles möglich und unmöglich ist im deutschen Fernsehen: Filme erst spät, kein Mensch hält bis dahin durch. Also kein Film. Stattdessen Jörg Pilawa oder rbb Praxis: Arthrose und Gelenkschmerzen. Wenn man bis dahin noch keine hatte, spürt man sie sofort. Ovids „Metamorphosen": Sex and Crime, viele Schwangerschaften. Dabei fällt mir Gerti ein, Gerti und ihre Schwangerschaft.

Eine Schutzgebühr müsste ich für mich erheben, von allen. Ein Prozent auf das Jahreseinkommen würde mir genügen. Davon könnte ich leben, gut leben. Das Haus, der Wellensittich, die Freundin. Wir könnten gut davon leben. Eigentlich könnten alle gut davon leben. Das „Es" spricht: „Wir alle." Hier sind wir, alle. Trotzdem denkt nur jeder an sich: im Fort-, im Weiterkommen, im Ankommen. Die Kinder versuchen es noch, sie wollen nur durchkommen durch diese Erwachsenenwelt. Mit einer guten Portion List und Egoismus bewältigen sie das Schulsystem. Später bleiben ihnen weitere Orte der Repression nicht erspart: Universität und Familie. Orte der Repression. Schreckensorte. Aufgewachsen in Systemen, die Familie genannt werden. Heute sind alle „Familie". Wurde das immer so genannt? Nur, wer braucht das noch? Wozu, wenn alle allen gehören?

Google ist nicht demokratisch gewählt. Wer oder was ist das? Ist nicht die Angst bestimmend, die gegen oder gar nicht mehr entscheiden lässt? Ich habe die Sozialdemokratie gewählt, weil ich der Meinung bin, sie sollte nicht in die Bedeutungslosigkeit versinken. Das war keine taktische Wahl. Ich bin Sozialistin trotz der gescheiterten Revolutionen, Utopien, die viel zerstören konnten, weil sie nur wenigen gehörten. Jetzt ist nicht mehr die Zeit für Utopien: es ist die Zeit für Realpolitik. Dafür stehen die Sozialdemokraten. Nicht die von nebenan. Bei denen war alles real, nur der Sozialismus nicht. Meine Idee: jeder identifiziert sich mit der bestehenden Ordnung, vor allem mit dem eigenen Unternehmen. Geht das unter, schlittert der Unternehmer in eine Identitätskrise, verliert die Bodenhaftung. Wer erahnt die neuen Möglichkeiten und schlittert in die nächste Krise? In die nächste Selbstverwirklichung? Mit Potenz und Potenzial! Ganz ruhig angehen! Zwischen Selbstverwirklichung und Karriere noch ein Kind quetschen? Mit wem? Leben nach zwei Devisen: wenn es sich ergibt oder wenn alles geplant wird. Blöd, wenn beides scheitert. Blöd, wenn da keiner ist, auf den man sich verlassen kann. Das ist logisch, wenn sich alle selbstverwirklichen wollen. Es gibt keine Rückfahrkarte. Alle arbeiten zuverlässiger. Der Unternehmer spricht dann von zuverlässigen Mitarbeitern, solange er sie noch gebrauchen kann. So schließt sich der Kreis. Oder: Ewig dreht sich die Spirale. Keiner müsste mehr sagen: „Hätte ich doch … Nein, ich habe doch getan." Im Grunde könnten alle von Anfang an durchstarten, wenn, ja, wenn die Repressionen in der Schule nicht gewesen wären, die uns zu Unterwürfigen oder Außenseitern gemacht hat. Alles ist gefährlicher geworden: Kinder nur noch unter Aufsicht, am besten in geschlossenen Räumen oder auf umzäunten Spielplätzen. Kaum ein Kind geht mehr allein die Straße entlang. In meiner Straße nicht. Am Abend sind sie ganz verschwunden. Nur noch Typen, die vor den Bars lungern oder auf den Straßen Patrouille laufen.

Halb neun die Elektrische. Die Gerti ist jetzt zwei Jahre lang ausgefallen. Es gab Komplikationen. Genaues weiß ich nicht.

Heute Morgen fängt sie mit Frau Breitkopf an. „Guten Morgen, Frau Breitkopf!" „Ihnen auch, Fräulein Toni." „Wir können gleich anfangen. Das Übliche?" „Es gibt da Komplikationen." „Wie, bei Ihnen auch? Ich sehe mir das gleich an. Nehmen Sie schon mal da vorn Platz. Nee, nee, einer weiter, Frau Breitkopf."

Unterdessen stürze ich in den Aufenthaltsraum, die Stufe war schon immer zu steil, zünde mir eine Zigarette im Stehen an, nehme drei Züge, schon vorbei.

„So, Frau Breitkopf, jetzt bin ich ganz bei Ihnen. Was gibt's denn für Komplikationen?" „Ja, äh, ich habe das von Ihnen empfohlene Mittel benutzt. Die Schuppen sind weniger, aber jetzt brennt die Kopfhaut." „Eine leichte Rötung, nichts Weltbewegendes, Frau Breitkopf. Ich empfehle Ihnen ein Mittel, das lindernd wirken wird, dermatologisch getestet, für 39,99." „Wie, noch ein Mittel? Jetzt ein Gegenmittel für 39,99? Ja, also, wenn das Brennen davon verschwindet …" „Es wird verschwinden. Ich massiere Ihnen jetzt das Mittel in die Kopfhaut ein, und Sie setzen sich eine Viertelstunde unter die Haube. Mit Wärme funktioniert's." „Gut, ich werde es kaufen und hoffe, dass es Linderung verschafft. In sechs Wochen komme ich wieder und damit ist die Sache hoffentlich erledigt." „In jedem Fall, Frau Breitkopf, und nun können Sie sich unter die Haube setzen. Ich komme dann zu Ihnen und frisiere Sie."

Noch nichts gegessen seit gestern Abend. Der Kühlschrank leer. Gerti hatte immer etwas dabei, nun ist sie nicht mehr dabei. Kaffee und Zigarette. Noch fünf Stunden bis zum Feierabend. Die Schneidern könnte ich fragen. Ob die abgibt? Später.

„Spüren Sie schon etwas?" „Ja, es hat sich gebessert." „Jedes Mal nach der Haarwäsche sollten Sie das Mittel einmassieren."

Heute Nachmittag habe ich noch den Lohngrin, Nassrasur und Kopfmassage. Halb so wild, bald vorbei.

Um sechs wieder zur Elektrischen. An der Ecke meine Bar. Nee, heute nicht. Plötzlich ist der Sommer gekommen. Es sind noch 30°C Außentemperatur. Immer um diese Jahreszeit reden alle vom Klimawandel, weil die Sommer zu trocken, zu lang, zu heiß sind. Das hat einmal begonnen und hört nie mehr auf. Tiere werden ausgerottet und der Mensch hat

Angst, dass er als nächster dran ist. Es könnte sein, dass er eines Tages ausgerottet sein wird: Nehmen den Bauern ihr Land weg, stecken sie in Fabriken zur Lohnarbeit, sie kaufen dann im Supermarkt das, was sie früher selber angebaut haben. Seltsame Logik. Das Land ist in der Hand von Agrarkonzernen, die behaupten, mit ihren pestizidresistenten Monokulturen den Welthunger zu beseitigen. Das Kapital kann sich weiter vermehren, was in seiner Eigenschaft liegt. Wer dieser Logik nicht folgen will, muss die Bedingungen verändern.

Wer hat Angst vor dem Planeten?

Ich beschränke mich, weil ich andere Sprachen nicht beherrsche. Cool, mega, fuck sind ortsüblich, sozusagen umgangssprachlich. Ich verstehe diese Wörter nicht. Auch beim Essen beschränke ich mich. Alle essen dasselbe. Ich schaue mir die „Vielfalt" in den Supermärkten an. Ich hasse die Einfalt der Vielfalt. Ich hasse es, vor die Wahl gestellt zu werden, ja oder nein. Eigentlich will ich Schönheit. Was, bitte, soll ich an einem Kohlrabi schön finden, der aussieht, schmeckt und riecht wie aus dem 3-D-Drucker? An Paprika in drei verschiedenen Normfarben? An makellosen Zucchinis?
    Ich kenne den Hunger nicht.

Es ist nicht wichtig, ob ich zur Arbeit gehe. Morgens durch das Nadelöhr, abends wieder zurück, mit oder ohne Fernsehen. Mit oder ohne was. Es bleibt nichts übrig. Gibt es sie noch, die Kranführerin, hoch oben, über den Dächern? Sie ist auch nicht übriggeblieben von dem Land mit den zwei Staaten.

Neulich ist Gerti bei der Arbeit aufgetaucht. Sie sah aus wie eine ertrunkene Meerjungfrau. Das ist kein Kompliment, das ist die Wahrheit. Das Kind, zwei Jahre alt, kann sie unterbringen. Schon nächsten Monat will sie wieder anfangen. Was hat sie zwei Jahre lang gemacht?

Ich werde aufhören mit der Arbeit im Frisörsalon. Ich habe sie wiedergetroffen, die unbekannte Bekannte in meiner Bar. Nichts. Da ist absolut nichts. Außer der Spiegelwand hinter dem Tresen, da konnte ich mir selber zuschauen. Das ist nicht mehr meine Bar.

Ortswechsel. Ein Ortswechsel wäre gut. An die Peripherie. Nicht die Randbezirke. Weiter. Weiter weg, an der Schiene entlang. Ein paar Einwohner weniger. Das genügt, das genügt vollkommen.

Leben, das wäre eine Alternative.

Freiheit und der Rest davon

Wenn Gerti wieder zur Arbeit kommt, ihr Kind zur Schule bringt, wird sie entsetzliche Dinge erfahren, von denen sie bisher keine Ahnung hatte. Ihr wird nichts erspart bleiben. Das Schulessen ist abgeschafft, weil es zu teuer, zu aufwendig ist. Die Ideologie um das Wurstbrot und das gute Leben hat Fahrt aufgenommen. So wird es sein, wenn sie wieder zur Arbeit kommt. Dieser Zug lässt sich nicht mehr aufhalten. Noch fahren wir im 1.-Klasse-Abteil, niemand gibt freiwillig ab, schon gar nicht Privilegien. Es soll noch besser werden. Bessere Bildung und bessere Aufstiegschancen. Für alle? Der Aufstieg durch Leihbücherei und lineares Fernsehen? Rollten die Züge früher von Ost nach West, fahren sie jetzt von Süden nach Norden. Was mit all den Menschen tun, die Zukunft sind? Eine bessere Welt? Gerti war zwei Jahre zu Hause, um nachzudenken, was sie von sich aus in die Zukunft investiert. Vielleicht ist sie auch total verblödet, stillt nur ihren Hunger.

Ein Handstand wäre schön, eine neue Perspektive. Unser Bundespräsident sagt: „Das Gute kommt nicht von oben, sondern alle Staatsgewalt geht vom Volk aus." Also doch von unten? Der alte Sozialdemokrat, sein Traum von Freiheit und Demokratie. Der Mythos von Freiheit in Zeiten der Fundamentalismen. In Krisenphasen ist der Drang groß, Mythen als Leitideologie zu benutzen. Die politischen Mythen dienen zur Versöhnung der Gegensätze, zur Auflösung von Ambivalenzen. In unserer säkularisierten Moderne ersetzt die Gesellschaft die Religion. Habe ich neulich gelesen.

Es geht nicht nur um Klimaschutz. Weltweit interessieren sich dafür nur einige wenige. Es geht um das Fressen, vegan, vegetarisch, tierisch, es geht immer um das Fressen. Wenn alle besser gebildet sind, ernähren sie sich besser. Damit plagt sich der Westen herum. Das ist der aufgeklärte Fundamentalismus, die Definition für Zukunft. Das ist der moralische Ansatz, der über Freund und Feind entscheidet, die „Ismen", die nicht auszurotten sind. Veganismus, neulich gehört, ganz im Ernst, für alle hörbar. Wenn über Freund und Feind unterschieden werden soll, dann handelt es sich um eine Ideologie. Das wusste ich schon als Kind. Da niemand in der Familie Feinde haben will, machen alle mit.

Der Teenie fängt damit an, weil er in der Schule indoktriniert wird, kein Wurstbrot mehr zu essen. Er schämt sich. Das Fressen ist die neue Moral. Es ist hier noch niemand auf den Hund gekommen. Der wird nicht beim Fleischhauer geschlachtet, sondern dem Ritus gemäß beerdigt. Wenn das Fressen nicht mehr die Moral beherrscht, dann sind alle demoralisiert. Im 19. Jahrhundert bestimmte „das Sein das Bewusstsein". Im 21. Jahrhundert „bist du, was du isst". Im Grunde leere Inhalte. Nichts und niemand bleibt davon verschont. Der Nachbar, der Stein, der Baum, die Liebhaberin, der Kollege, die Frau Bundeskanzlerin.

Der Mythos von einer besseren Welt. Der Mythos von der Liebe. Kann ich damit meinen Egoismus überwinden? Wenn ich in den Mythen herumgrabe, ist mir unbehaglich. Es sind zwei notwendig, ein Ich, ein Du. Wozu? Wie im richtigen Leben. Ich lebe in einer Gegend, da gibt es tatsächlich noch Frauen und Männer. Beide haben die Hosen an. Die Natur ist launisch und bringt Diversität hervor, ganz ohne Zwang. Damit muss man klarkommen, die Angst überwinden.

Die Romantiker, im 18. Jahrhundert nur eine Periode, hatten eine Vorstellung vom guten Leben als unendliche Seligkeit, als Abwendung von der „Erden Gegenwart" hin zur „Himmelszukunft". Danach sind sie wieder aufgewacht. Der Geniekult hatte sich bereits davor etabliert, seitdem hat er sich hartnäckig gehalten. Wahrscheinlich hat sich das eine aus dem anderen ergeben.

Das eine ergibt sich aus dem anderen, wenn ich dafür empfänglich bin.
  Neulich die Kruse, das hat mich doch überrascht, da ging sie mit dem Stock über die Straße, ohne nach links oder rechts zu schauen, ihren Frisörsalon „Elite" auf der anderen Straßenseite fest im Blick. Immer diese Dauerwelle, seit 60 Jahren, mit Einbruch der Ehe in ihr Leben. Ihr Mann ist inzwischen tot. Er war Jahrzehnte bei der Bahn. Seit sechzig Jahren lebt sie in derselben Wohnung, die nicht mehr dieselbe ist. Die Öfen wurden herausgerissen, das Bad gefliest. Sie wurden nie enteignet. Nun sitzt sie da in ihrer Dreizimmerwohnung, sieht fern, in die Ferne zum Mond und denkt: „Die Superreichen sollten durchaus zum Mond fliegen und dort siedeln. Das wäre eine Möglichkeit, sie loszuwerden."

Im Zeitalter des Klimawandels ist die Welt neu aufgeteilt, nur lässt sie sich nicht mehr ohne weiteres teilen. Fünfzig Prozent der Weltbevölkerung werden autoritär regiert, aber es gibt nur die eine Welt und ein Problem. Vielleicht gelingt eine andere Teilung. Gut und Böse. Freund und Feind. Was passiert, wenn alle die Kontrolle verlieren?

Worum geht es, das frage ich mich jeden Tag auf dem Weg zur Arbeit. Ich stelle mir manchmal vor, alle würden von einem Tag auf den anderen zu Hause bleiben, alles sinnlos. Diese Vorstellung macht mir Mut: Ich bleibe zu Hause. Es ist egal, ob ich zur Arbeit fahre, immer durch das gleiche Nadelöhr. Ich richte das Badezimmer her, besorge einen Stuhl. Mit der Breitkopf beginne ich, die wollte schon immer wissen, wie ich wohne.

„Hallo, Frau Breitkopf, der Salon ist jetzt woanders! Ich mache es zu Hause, Weinberge 1." „Weinberge 1? Das ist bei mir um die Ecke." „Kommenden Dienstag 11 Uhr, passt das bei Ihnen?". „Ja, Fräulein Toni, ich folge Ihnen überall hin, sogar in die Weinberge des Herrn." „Schön."

Vielleicht mit Gerti, wir könnten doch zusammen, es ist Platz genug. Die Schneidern ist in allem zu geizig. Morgen wäre eine gute Gelegenheit, bevor sich Gerti wieder im Frisörsalon eingelebt hat. Sie hätte mehr Zeit für sich. Das Kind bekäme auch mehr Freizeit.

Es ist sechs Uhr abends, sie fährt in die Bar, in ihre Bar. Setzt sich zum Tresen, bestellt ein Bier. Der Laden füllt sich, die unbekannte Bekannte, routinierte Handgriffe.

Noch ein Bier zum Abschied. Sie verlässt die Bar. Die Elektrische fährt an ihr vorbei.

Morgen früh, auf dem Weg zur Arbeit, nehme ich sie noch einmal. Dann schlage ich eine andere Richtung ein. Ich werde so viel Geld verdienen, dass ich den Flieger nehmen kann Richtung Norden. Da ist die Luft rein, ich sehe die Tiere aus dem Zoo.

Ein Handstand wäre schön, wieder eine andere Perspektive. Den Wecker mit seiner Funktion schaffe ich ab. Vor elf Uhr vormittags passiert nichts. Meine Kunden müssen dann auch nicht in aller Herrgottsfrühe aufstehen. Wie viel Stunden am Tag willst du arbeiten? Willst du jeden Tag arbeiten? Was machst du, wenn du nicht arbeitest? Trödeln ist ein schönes Wort, eine gute Idee. Nicht alle verstehen das. Trödeln, Trödelmarkt, ein ganzer Markt zum Trödeln. Ich will nicht mehr auf den Markt. Besser wäre „Cooperated Identity". Alles, was ich zukünftig tue, geschieht in Kooperation mit meiner Identität. Wo finde ich die? Der Leidensdruck wird dadurch nicht geringer, das spüre ich schon beim Schreiben. Eile habe ich damit nicht, ein halbes Leben ist an mir vorüber gegangen. Das war zu schnell. Also langsamer, jetzt zu Fuß, einen Schritt vor und zwei zurück, dann geht das im nächsten Jahr mit dem Fliegen. Man spürt die

Geschwindigkeit nicht, auch über Stunden hinweg, man spürt nichts dabei. So oder so stelle ich mir Fliegen vor, mit einer riesigen Maschine. Einen Schritt vor und zwei zurück. Ich muss überlegen. Noch einen Tag auf dem Gleis mit der Elektrischen. Nächste Woche die Breitkopf. Vielleicht wird das die Erste und Letzte sein, die ich in den Weinbergen frisiere.

„Sie haben ja einen Knoten im Haar. Was ist passiert?" „Das Mittel, das Sie mir gegeben haben, hat offenbar den Haarwuchs angeregt." „Zeigen Sie mal. Erstaunlich, diese Entwicklung in der Kürze der Zeit. Man könnte es also auch dafür verwenden, wenn eine Kundin das wünscht. Das sind ganz neue Perspektiven. Nun, soll ich Ihr Haar wieder auf die gewohnte Länge kürzen oder wollen sie den Zopf behalten?" „Nein, nein, Gott bewahre, Fräulein Toni. Wie gewohnt, Page." „Dann kommen Sie mal ins Bad. Ich wasche Ihre Haare. Die Tönung haben sie mitgebracht?" „Die gewöhnliche Haselnuss war aus. Ich habe Aubergine genommen." „Das ist eine Abweichung von dem Gewohnten. Wir probieren. Gehen Sie ins Wohnzimmer gleich links, zweite Tür, und setzen Sie sich auf den Stuhl in der Mitte." „Schön haben Sie es hier, die vielen Bilder. Sind die von Ihnen?" „Nicht alle. Einige sind Reproduktionen von Ausstellungen. Das da von Meret

Oppenheim, daran hänge ich sehr, nur mit dem Rahmen bin ich noch nicht zufrieden." „Ja, sie war eine anerkannte Surrealistin des 20. Jahrhunderts." „Nicht nur sie, das 20. Jahrhundert hat einige bedeutende Surrealisten hervorgebracht, aber ich denke, die Anfänge lagen bei Goya, dem Spanier des 19. Jahrhunderts. Oder doch bei Hieronymus Bosch? Wollen wir?" „Ja, ich muss nachher noch einkaufen, ich bekomme Gäste."

Alle haben Gedankensprünge, niemand redet länger als zwei Minuten im Zusammenhang. Die Regel ist die Zusammenhanglosigkeit, das Gegenüber versucht zu verstehen. Irgendeine Logik aus dem Gesagten zu destillieren. Durch Nachfragen wird alles erschwert. Es ist die Sorge um das Ende der Welt, nicht um das Ende des Monats. In diesem Dilemma stecke ich. Wie weiter? Die Moderne steht auf eigenen Füßen. Alles, was jetzt geschieht, war so gewollt. Wie miteinander leben? Ich schaue nach Großbritannien, die haben eine Ministerin gegen die Einsamkeit. Ich frage: Warum nur eine? Mein Gehalt konnte ich nie selbst bestimmen, vermutlich bin ich deshalb ausgetreten. Der Zyniker kennt nur den Preis, aber nicht den Wert. „Man könnte die Vegetation auch vollständig vernichten, dann hätten wir das Problem nicht mehr." Diese Person, die das gesagt hat, ist vollkommen bedeutungslos, vielleicht hat sie es deshalb gesagt. Öffentlich, in den Nachrichten. Ich glaube an gar nichts mehr, weder an die Liebe noch an das Himmelreich. Seitdem das so ist, verspüre ich keinen Druck mehr. Auch das Fegefeuer unterdrückt mich nicht, das gibt es nicht. Die Hölle? Vollkommen aussichtslos, die gibt es auch nicht. „Fahr zur Hölle." Keine Angst, die gibt es nicht. Eine bessere Welt? Es ist bereits die beste aller Welten. Erlösung, Erlösung vom Eros? Ich verspüre den Druck nicht mehr. Das scheint es zu geben, die Erlösung von…

An viele Dinge glauben, die es so nicht gibt. Warum glauben? Woran glauben, in einer säkularisierten Gesellschaft? In der Moderne, die noch nicht mit sich im Reinen ist? An sich selbst glauben. Übriggeblieben ist der Einzelne, als Mensch. Eine vorübergehende Zusammenrottung ist nicht ausgeschlossen, trotzdem, alles selber machen. Für Unterstützung muss gezahlt werden. Wie der Ablass im Mittelalter. Überall stehen Preise dran. Es wird nicht mehr gehandelt, es wird bezahlt. Gelegentlich geht das noch, handeln, wenn du die Stimme erhebst. Wenn die Katastrophe kommt, wenn sie denn kommt, gehen die Erwachsenen Blut spenden, die Kinder zertrümmern ihre Sparschweine, die alten Männer auf ihren Damenfahrrädern fahren in die Kneipe auf ein letztes Bier.

Das Einmaleins

Sie kreisen um ihre eigene Bedeutungslosigkeit. Das Kind, Gertis Kind mit dem dicken Kopf, wird manchmal wütend. Es hat Ausraster. Von Gerti hat es das nicht. Gerti rastet nicht aus. Gerade das macht sie angenehm. Angenehm wäre es, wenn Gerti mitmachen würde, in meinem Frisörsalon in den Weinbergen, denkt Toni. Das Kind mit dem dicken Kopf und den Ausrastern kann Gerti weiterhin dorthin bringen, wo es ausrasten darf. Man nimmt sich dafür Zeit, forscht, beobachtet und notiert für danach. Schon früh legt man solche Akten an, Verhaltensakten für empirische Studien. Nur die interessanten Fälle werden öffentlich besprochen. Gertis Kind mit dem dicken Kopf ist ein solcher Fall, dadurch erfährt es früh seine Prägung. Das Kind will mit seinem dicken Kopf durch die Wand. Von Beginn an erfährt es Widerstände. Gerti stellt für das Kind mit dem dicken Kopf, das durch die Wand gehen will, keinen Widerstand dar, vermutlich eine frühe Prägung. Das Kind trägt keine Verletzungen davon, kommt scheinbar ungehindert durch. Epiphanie, beides eine Erscheinung, Gerti und das Kind. Beide sehen Dinge, die es nicht gibt.

Ich werde Gerti überreden, mitzumachen in meinem Frisörsalon: das Wohnzimmer wird umgeräumt, alles Überflüssige kommt raus, ein zweiter Stuhl muss her, das Bad reicht aus. Zuerst die Lampe, ersetzt durch eine Diskokugel, Musik ist wichtig, Atmosphäre ist wichtig, ein Saloon: unter der Diskokugel die zwei Stühle, gegenüber das Spiegelbild und die Kommode mit Handtüchern. Das ist alles geheim und informell, Zutritt einzeln und nach vorheriger Absprache. Die Breitkopf ist dabei, vielleicht die Kruse, vielleicht kann ich die Kruse überreden, sie als Nachbarin. Überhaupt ist die Nachbarschaft leicht zu erreichen. Wozu annoncieren? Ein Ruf in die Straße genügt. Die Frauen, Tönung und Dauerwelle. Die Männer, Nassrasur und Fasson. Wird Gerti mitmachen? Sie kann noch einmal von vorn anfangen, hier in den Weinbergen. Das Klima ist mild, milder als da, wo sie jetzt ist.

„Gerti, komm zu mir rüber, wenn du Zeit hast. Ich habe eine Idee." „Was für eine Idee?" „Das erkläre ich dir, wenn du da bist." „In einer Stunde muss ich das Kind abholen." „Genug Zeit. Komm einfach!" „Gut, ich mache mich auf den Weg."

Die Breitkopf ist nächste Woche wieder dran, bis dahin muss alles stehen, vor allem atmosphärisch. Es wird sich in der Nachbarschaft herumsprechen.

„Gerti? Zweite Etage links. Komm herein, setz dich und teste mal den Frisierstuhl." „Was hast du hier vor? Welche Idee?" „Nun, ich will hier in der Wohnung, ich will mir hier etwas aufbauen, und ich dachte, du machst mit. Einen zweiten Stuhl muss ich noch besorgen." „Ich? Warum fragst du mich das?" „Weil das ganz neue Perspektiven sind. Wir können unser Gehalt selbst bestimmen. Ich dachte, das wäre auch in deinem Interesse." „Mein Interesse? Das liegt ganz woanders. Am liebsten möchte ich überhaupt nicht mehr früh zur Arbeit und abends nach Hause." „Auch nicht weniger arbeiten? Wir hätten hier kaum Kosten." „Darum geht es nicht. Mein Kind und ich sehen Dinge, die es gar nicht gibt. Beim Neurologen waren wir, Tabletten wollte der verschreiben, nein, das mache ich nicht mit, schon gar nicht mit dem Kind." „Hast du noch Kontakt zu Holger?" „Nein, der lebt jetzt in Australien und ist Farmer geworden. Ich denke, es geht ihm gut." „Hör mal, das ist nicht schlimm. Ich sehe manchmal auch Dinge, die es nicht gibt. Das beunruhigt mich nicht, ich gehe deshalb nicht zum Neurologen. Was willst du tun?" „Mein Kind und mich beschützen. Ich muss es selber tun. Das stört mich nicht, ich habe bisher alles selber gemacht. Das Kind habe ich auch allein zur Welt gebracht, da war keiner."

Dann nur einen Frisierstuhl.

Die Diskokugel muss angebracht, eine Handtuchkommode, Shampoo, Musik besorgt werden, die Flyer verteilt werden. Das ist wie Topfschlagen mit verbundenen Augen. Ich mache das alles nur, weil ich es bequem haben will. Dieser ganze Aufwand, nur aus Bequemlichkeit. Sie kommen zu mir, nicht ich zu ihnen. Die Fahrt morgens durch das Nadelöhr, die Hektik im Saloon der Schneidern, die kurzen Zigarettenpausen, nichts zu essen. Ich will es bequem haben. Vielleicht langweilt mich das eines Tages, werfe den Frisierstuhl, die Diskokugel wieder raus. Vorerst, vorerst nicht. Ich will es versuchen. Darin liegt das Suchen. Ich mache das jetzt alleine. Die Gerti und ihr Kind, darüber muss ich mir keine Gedanken mehr machen, die müssen sich vor sich selber schützen. Die Breitkopf ist eine angenehme Zeitgenossin, die sollte ich halten. Der Kruse werfe ich etwas in den Briefkasten. Einen Namen brauche ich noch für meinen Salon. Meinen Namen? Ein Text für die Flyer: „Machen Sie es sich einfach bequem in meinem Frisörsalon mit Atmosphäre." Das klingt wie eine Anzeige für ein Bordell. Übrigens, die Hälfte der Menschheit geht ins Bordell. Ich bin kein Bordell. „Frisörsalon mit Niveau in gemütlichem Ambiente." Das lässt auch einiges ahnen und hinterlässt einen Beigeschmack. Es ist zu früh, über den Text eine Entscheidung zu treffen, denn ich habe keinen. Ich sollte mit der Breitkopf darüber sprechen, ob man Niveau überhaupt erwähnen sollte. Also sachlich, informativ und ohne Preise. Das kann ich im Gespräch klären. Das setzt voraus, dass jemand anruft. Zunächst wird der Kreis klein sein. In den meisten Fällen vergrößert er sich, wenn man seine Sache gut macht. Also verlasse ich mich auf mich. Unbedingt handlungsfähig bleiben, schließlich geht es gerade los mit der neuen Existenz. Es ist Mai, ein guter Monat, um zu beginnen, um etwas zu beginnen.

„Guten Morgen, Frau Kruse." „Ah, Fräulein Toni, was machen Sie um diese Zeit auf der Straße?" „Sie fegen den Weg und ich mache Werbung für meinen Frisörsalon. Sie sind die Erste, der ich heute auf der Straße begegne. Ich wollte Ihnen gerade etwas in den Briefkasten werfen." „Ihren Frisörsalon?" „Ja, bei mir zu Hause, in den Weinbergen." „Da suchen Sie jetzt wohl Kundschaft?" „Kommen Sie doch einfach mal vorbei, Frau Kruse, und lassen Sie sich von mir frisieren." „Mein Elite-Salon hat vorübergehend geschlossen, Sie wissen ja, warum." „Das ist eine gute Gelegenheit für Sie." „Gut, welchen Termin hätten Sie frei?" „Den Donnerstag um elf schlage ich vor." „Donnerstag um elf? Das passt." „Also dann."

Ich denke, das ist genau der richtige Zeitpunkt, meinen Salon in den eigenen vier Wänden zu eröffnen. Das ist illegal, aber jeder muss irgendwann mal zum Friseur, sogar die Philosophen. Es hat 300.000 Jahre gedauert, bis die Menschheit auf eine Milliarde anwuchs. Von 1918 bis jetzt, also ein Jahrhundert lang, wuchs die Weltbevölkerung auf sechs Milliarden Menschen an. Unsere Stadt zählt 60.000 Einwohner, vom Kleinkind bis zur Oma, vom Arbeiter bis zum Akademiker. Sie müssen mindestens alle sechs Wochen zum Frisör.

Vielleicht ist die Welt, so wie sie ist, gerecht. Auf dem Höhepunkt angekommen. Vielleicht kann man nicht mehr erreichen, auch mit gutem Willen nicht. Ja, vielleicht ist das die Gerechtigkeit. Es wird mehr und mehr Lebensraum in Anspruch genommen. Um den Tieren näher zu kommen? Damit sie besser beobachtet werden können? Es wird Opfer geben, der Preis für unseren Wohlstand. Es trifft Frauen und Männer, arm und reich, es unterscheidet nicht. Das Privateigentum wird abgeschafft, Banken und Betriebe verstaatlicht. Wozu noch Privateigentum? Man kann sich ohnehin nicht mehr schützen.

Jetzt den richtigen Text für den Flyer. Ich werde mit der Breitkopf darüber konferieren. In einer Stunde steht sie vor der Tür, und ich muss noch umräumen. Das Telefon wird nicht mehr stillstehen. Ich bin in die Illegalität abgerutscht.

Das verfolgte Selbst

Mich würde interessieren, wie das meine Mutter gemacht hat, in ihrer Zeit, als sie hier war. Manchmal habe ich sie nicht erkannt, wobei ich immer dachte, dass es sich um meine Mutter handeln müsste. Draußen an der Tür stand mein Name, in ihrer Wohnung mein Bett, ein Schlüssel in meiner Hand. Alle sprachen von ihren Müttern, jede und jeder, auch die, die keine hatten. Ja, dann habe ich wohl auch eine. Ich wohnte bei einer Frau, die denselben Namen trug wie ich, auch wenn dieser sich hin und wieder änderte, die mir zu essen gab.

Ich betrachtete alles als mein Eigentum, denn ich hatte einen Schlüssel dazu. Ich dachte immer, wenn hier jemand einbricht, möchte ich nicht da sein. Die Vorstellung, er oder sie stehe nachts vor meinem Bett, sagt „Geld raus!" kam immer wieder. Ich hätte mein weniges Erspartes holen müssen. Er oder sie hätte mich vor Wut totgeschlagen. Asche zu Asche, Staub zu Staub, pessimistischer kann Gott nicht sein. Gott hat das Vakuum erschaffen - der Teufel die Oberfläche. Einige leiden wie Christus am Kreuz, gehen also doch durch den Schmerz: der Leistenschnitt, die Betäubung, ein Leben lang am Kreuz, immer in der Hoffnung auf das Himmelreich, dort bist du nicht mehr bleich vor Scham und rot vor Gier, alle gleich, im Himmelreich. Kommunismus, im Himmelreich.

Was wäre ich ohne Reibungsflächen? Ein Apfel hat uns die Freiheit genommen, danach kamen 2.000 Jahre CDU. Die Zukunft wird seltsam sein. Nur die Masse ist interessant, der Einzelne das Resultat. Also auch ich, Resultat, das sich immer löst, das sich immer lösen muss, am Ende die eine Lösung. Der Tod macht alle gleich.

Ich finde Paare langweilig. Paare, die sich binden und lösen. Es wird alles zur Abstimmung gebracht. Man nennt das „sie verstehen sich". Abweichung irritiert. Der Beginn wird lange erinnert, wie alles anfing, dann doch das Ende. Ich erzähle nie etwas über mich. Die Leute werden sofort misstrauisch. Es ist wie mit der Organspende. Teile davon sind essbar, der Rest wird verscharrt. Es gibt Menschen, die heben ihre Leichen im Keller auf. Sie können dann nachschauen, wie weit sie gegangen sind. Sie verschwinden nie ganz, etwas von ihnen ist immer auffindbar, wenn nach ihnen gesucht wird. Der Geist, der in jeder Note steckt, die Seele, die sie ausdrückt, der Körper, der von uns geht. Die Seele ist der Körper.

Meine Mutter ist gegangen, hat nichts weiter hinterlassen außer etwas Wesentlichem: mich. Ich, ein Resultat aus Samen und Eizelle. Ich finde diese Zeugungsmethode inzwischen phantasielos. Die Forschung könnte da schon viel weiter sein. Vielleicht ist sie schon weiter und hält es geheim. Die Menschheit hätte mehr Zeit für Ideen, vor allem die eine Hälfte der Menschheit.

Ein Privileg? Privilegien werden nicht erworben, sondern vergeben. Alles richtig machen. Die richtigen Leute treffen und verhandeln, egal, worum es geht. Hauptsache sich durchsetzen. Das ist der Weg zum Privileg. Im Grunde teilen die Menschen nicht gern.

Ich muss auf den Text schauen, wenn ich lese, dann schaue ich in den Raum. Dann wieder auf den Text, dann in den Raum, Tag für Tag, bis ich den Raum nicht wiedererkenne. Dann weiß ich, es hat sich etwas verändert, für mich, für die Welt. Je nach dem, was ich lese, denke ich, ich bin die Welt. Als der Kapitalismus kam, dachte ich, hier ist etwas ungerecht, es wird bleiben. Seine Versprechen, die meisten waren wohl so nicht gemeint.

Draußen vor der Tür stehe ich, rauche, denke daran, dass in heikler Mission fünf Kunden angerufen haben. Genauer gesagt, drei Männer, zwei Frauen, das bedeutet den ganzen Tag Arbeit. Ich habe mir das leichter vorgestellt mit der Selbstverwirklichung. Warum es mir jetzt so schwer fällt, woran mag es liegen? Ich muss überlegen. Es ist nicht die Arbeit, es ist die Routine, vielmehr die Enge. Die Selbstverwirklichung braucht Raum. Besser Räume, darin wäre alles untergebracht. Oder noch besser, ich schaffe mir innerhalb und außerhalb Räume, die mir zur freien Verfügung stehen. Mein Raum ist eng, begrenzt, mit Diskokugel, wo ich reingucken kann, die sich dreht im blaugelben Licht. Diese Räume sind mein Besitz, ich habe die Schlüssel dazu. Ich kann auf einer Wiese stehen, auch ein Raum, der Horizont markiert. Ich kann die Diagonale wählen oder die Gerade. Für beides benötige ich dieselbe Zeit, um diesen Raum zu durchschreiten. Es ist nicht so sehr die Frage des „Wie", sondern des „Was". Was mache ich gerade hier, allein? Im Raum, Länge mal Breite, der nicht überschaubar ist, kann eine Herausforderung liegen. Wie lange brauche ich dafür? Den Rest des Lebens? Der Horizont: die Hoffnung. Eine vierte Dimension, Zeit und Raum nicht mehr messbar. In welcher Geschwindigkeit kann sie funktionieren? Auch sie nicht mehr messbar. Die vierte Wand?

Ich denke solche Überlegungen. Ich sitze fest zwischen Frisierstuhl und Diskokugel im irdischen Leben im zweiten Stock eines Mietshauses. Wenn ich das akzeptieren könnte, vielleicht wäre dann vieles einfacher. Ich muss schauen, in welche Gesellschaft ich mich in Zukunft begebe, denn sie wird nicht einfacher werden. Die Zukunft wird komplizierter werden, das sollte ich verstehen. Gerade, wenn Leute das Gegenteil behaupten, stutzig werden, das lehrt die Erfahrung. Von blühenden Landschaften … Wem nützt es, sich eine vierte Dimension ohne Zeit und Raum vorzustellen? Dafür bin ich zum falschen Zeitpunkt auf die Welt gekommen. Später vielleicht, aber erleben, erleben nicht.

Die Frage bleibt. Was habe ich als Mensch hier für unbegrenzte Möglichkeiten? Spontane Antwort: Jede! Das glaube ich nicht. Zu oft habe ich erlebt, wie andere die Möglichkeiten bekamen, die an mir vorbeigerauscht sind, und ich stand immer noch am selben Ort, an derselben Stelle. Nie wurde ich mitgenommen von irgendwem oder von irgendwas. Niemand hat mich mitgenommen, Gelegenheiten gab es. Ich blieb an Ort und Stelle, habe gewartet, nichts ist passiert. Ich habe wahrgenommen, aber nicht begriffen. Das heißt, ich habe absolut nichts begriffen. Verwurzelt im Niemandsland zog die Karawane weiter, zog an mir vorbei. War es nur eine optische Täuschung? Wer kennt sein

Land? Die Sprache? Es ist ein Wunder, dass wir uns verstehen. An den Grenzen gibt es kein Halten mehr.

Die Autorin

Kindheit und Jugend verbrachte die 1968 geborene Angela Grundt in der Erich-Kästner-Stadt Dresden; nach der Wende zog es sie nach Westberlin, wo sie sich zur Galerieassistentin weiterbildete und schließlich in der Film- und TV-Produktion arbeitete.

Die schriftstellerische Muse küsste Angela Grundt während einer Auszeit auf der Insel Hiddensee. Im Anschluss daran absolvierte sie das Fernstudium „Prosa schreiben" bei der Autorenschule Textmanufaktur und veröffentlichte 2016/17 ihr erstes Werk.

Ideen für ihre Texte sammelt die Autorin aus verschiedenen Bereichen – so lässt sie ihr Interesse für Geschichte und Politik in ihr Schaffen einfließen oder überrascht mit ihrem ausgeprägten Faible für Jahreszahlen; bei „Toni" profitiert sie zudem von ihrer kaufmännischen Ausbildung im Friseurhandwerk.

In ihrer Freizeit gönnt sie sich gern das ein oder andere Gläschen Wein oder gibt sich ihrer zweiten, der musikalischen, Muse hin.

Der Verlag

novum — VERLAG FÜR NEUAUTOREN

> *Wer aufhört besser zu werden, hat aufgehört gut zu sein!*

Basierend auf diesem Motto ist es dem novum Verlag ein Anliegen neue Manuskripte aufzuspüren, zu veröffentlichen und deren Autoren langfristig zu fördern. Mittlerweile gilt der 1997 gegründete und mehrfach prämierte Verlag als Spezialist für Neuautoren in Deutschland, Österreich und der Schweiz.

Für jedes neue Manuskript wird innerhalb weniger Wochen eine kostenfreie, unverbindliche Lektorats-Prüfung erstellt.

Weitere Informationen zum Verlag und seinen Büchern finden Sie im Internet unter:

www.novumverlag.com